KB181866

한국 희곡 명작선 46

서울은 지금 맑음

한국 희곡 명작선 46

서울은 지금 맑음

배진아

평민사

배진아

서울은 지금, 맑음

등장인물

백준석 - 남, 70대
마영균 - 남, 70대
육혜경 - 여, 30대
고 란 - 여, 10대
우미진 - 여, 30대
설동욱 - 남, 30대
한영일 - 남, 40대
차 장

때

현재

곳

KTX 서울행 열차 칸

무대

막이 오르면, 무대와 관객석이 KTX의 정방향·역방향 좌석을 연상할 수 있도록 배치되어 있다. 극이 진행되면서 무대 위 등장인물들 간의 좌석은 인물, 이야기의 흐름에 따라서 다양하게 배치될 수 있다. 정방향·역방향, 상하좌우를 달리하며 변화를 준다. 극 사이사이에 삽입된 비현실적인 장면, 인물 내면으로 들어가는 장면에서는 기차를 연상할 수 없을수록 효과적이다. 의자가 원으로 돌거나 일렬로 배치되는 등 해체·변형되어 한정된 공간의 넓이를 무한대로 넓혔다 좁혔다 할 수 있다면 좋겠다. 한영일 좌석은 다른 등장인물들 좌석과 차별화된 형태를 보여줄 수 있다면 효과적이다.

기차 내부에는 영화 관람용 영사막이 설치되어 있다. 이 화면은 인물들의 시각과 심리를 보여줄 수 있는 장치로도 활용되지만 극의 마지막 부분은 실시간으로 관객석을 비출 수 있어야 한다.

막 내리면, 무대와 관객석이 마주 보는 처음의 형태로 되돌아가 있다. 즉, 서로 다른 방향을 바라보면서도 같은 목적지를 향해 달려가는 삶의 모습이 좌석과 화면을 통해서 표현 가능하다면 좋겠다.

Intro.
지금은 사라진 KTX 시네마 1호차에서

안내방송이 나오기 시작하면, 차장이 등장하여 무대 위 의자를 바르게 정렬한다.
관객이 입장할 동안 안내방송을 여러 차례 반복하여 들려준다.

안내방송(E) 승객 여러분, 안녕하십니까? KTX를 이용해주시는 고객 여러분께 감사의 말씀 드립니다. 이 열차는 동대구역을 출발하여 서울역에 도착하는 열차입니다. 열차는 오후 8시 정시에 출발하오니 승차권을 소지하신 고객께서는 열차를 확인하시어 여행에 착오 없으시길 바랍니다. 아울러 입장권을 소지하신 고객께서는 잠시 후 열차가 출발하오니 배웅을 마쳐주시기 바랍니다.

안내방송(E) 승객 여러분께 안내말씀 드립니다. 1호차에서 운영되었던 KTX시네마 영화관 서비스가 종료되었음을 알려드립니다. 그동안 KTX시네마를 사랑해주셨던 승객 여러분께 감사드리며 더 나은 서비스로 보답하겠습니다. 즐거운 여행길 되십시오.

관객 입장하면, 우미진은 무대에 등장하여 자리를 찾아 앉는다. 휴대폰을 만지작거리고 창밖을 보거나 잡지를 뒤적인다.

뒤따라 들어오던 설동욱은 잊은 게 있는 듯 급히 되돌아 나간다.

이때 영사막 화면은 'KTX' 라는 글자를 보여준다.

무전기 신호가 울리면 Intro 음악 소리 줄어든다.

차장 등장, 무대 위 의자를 바르게 정렬하며 관객들에게 말을 걸기 시작한다.

차장   안녕하십니까? 저는 오늘 여러분들이 이용하실 KTX의 운행을 책임지고 있는 차장입니다. 반갑습니다. 자리는 어떻게, 좀 편안하십니까? 예, 그렇지요. (웃음) 최신식이라기엔 좁고 불편합니다. 경제적으로나 과학적으로나 최소비용, 최대효과라는 효율성을 따지다보니 그렇게 됐다더군요. 날렵하고 가벼워야만 빠르게, 더 빠르게 달릴 수 있으니까요.

어디 기차뿐인가요? 그래서 요즘 사람들이 다이어트, 다이어트 하나 봅니다. 인생을 효율적으로! 날렵하게! 달려보려고요.

필요 없어지면 버리는 것도 스스럼없습니다. 문화와 예술과 함께하는 여행! KTX시네마처럼 말입니다. 이제 더 이상 우리 열차에서 영화 상영은 하지 않게 됐습니다. 그런데 이게 제 골칫덩어리가 될 줄 누가 알았겠습니까? KTX시네마 운행이 종료된 뒤부터 하루가 멀다 하고 바로 여기, KTX 시네마열차였던 1호차에서 영화나 연극보다 더한 일들이 벌어지고 있어요. 물론 그 수습은! 제 몫이지요…….

그래서 전 KTX를 'Korea Train Express', 한국특급열차가 아니라 'Korea Theatre Express' 대한민국연극특급이라고 부르고 싶네요. 제가 이렇게 긴 사연을 늘어놓은 건 여러분들을 한 분, 한 분 만나보기 위해서였어요. 여러분들도 1호차 승객들을 유심히 살펴봐 주시기 바랍니다.

(무전기의 신호가 울린다)

차장 잠시만요, 본부에서 연락이 왔네요. 네! 아직이요? 지금 정각에 출발해야 되는데, 몇 명이나요? 6명이요? 예! 알겠습니다. (관객들에게) 죄송합니다! 잠시 양해의 말씀을 드려야겠네요! 아직까지 다섯 분의 승객이 도착하지 않아서 출발을 지연해야 하는 상황입니다. 아 정말 안타깝군요. 어디들 계신 걸까…… 아! 저기들 오시는군요.

'작은 별' 음악이 흘러나온다.

1. 내 자리는 어디에

차장   이 열차는 동대구역을 출발하여 서울역에 도착하는 열차
입니다. 열차는 8시 정시에 출발하오니 승차권을 소지하
신 고객께서는 열차를 확인하시어 여행에 착오 없으시길
바랍니다. 아울러 입장권을 소지하신 고객께서는 잠시 후
열차가 출발하오니 배웅을 마쳐주시기 바랍니다.

차장은 기차 안을 돌아다니며 짐을 올려주기도 하고 이곳저곳 기
웃거린다.
고춧가루 자루를 든 마영균 등장한다. 잠시 후 육혜경, 고란이 함께
등장한다.

마영균   여기가 내 자린가배.

육혜경   네. 여기네요.

마영균   자리가, 다 똑같이 생겼노. 그래도 지 자리라고 꾸역꾸역
잘 찾아 앉았데이.

육혜경   네?

마영균   귀도 밝다. 젊은 양반. 서울 갈라카면 이거 타는 거 확실
하제? 눈이 어두워서 뵈질 않네.

육혜경   종착역이 서울역이니까 마음 놓고 계세요.

마영균   아, 저기 기차 가는 거 보고 놀래가지고. 내 자리가 여

기 확실하단 말이제? 다 똑같이 생겨무가 우애 찾으라는 기고.

육혜경 의심도 많으셔라. 표에 나와 있는 번호랑, 자리 번호랑 같죠?

마영균 고맙니더. 근데 내 옆에는 누가 앉는고? 옆에 누가 앉으면 안 될 낀데……

고란 무거워. 먼저 갈게.

육혜경 같이 가. 할아버지, 저 그럼……!

마영균 (고추자루 얹어놓으며) 여기 내 친구 앉아야 될 낀데…… 우산만 맡기놓고 어데 간기고?

우미진 자리 근처에서 육혜경과 고란, 우미진이 웅성거린다. 우미진은 신경질적으로 휴대폰을 흔든다. 인터넷이 잘 잡히지 않는지 난감한 모습이다.

육혜경 저기……, 우리 자린 것 같은데 자리 맞으세요?

우미진 네? 그럴 리가 없는데.

육혜경 우리 둘이 표를 같이 예매했어요. 이것 보세요.

우미진 잠시만요. (휴대폰으로 좌석번호를 확인하려 한다) 표가 확인이 안 되네. 와이파이는 또 왜 이 모양이야? 되는 일이 없냐. 정말!

고란 다리 아파 죽겠네. 아줌마 어쨌든 여긴 저희 자리니까 좀 비켜주시죠?

우미진	뭐, 아줌마? 어딜 봐서 내가 아줌마니? 어린 게 말하는 것 좀 봐. 여기 내 자리라니까!
차장	무슨 일이시죠?
육혜경	여기 저희 자리거든요. 뭔가 착오가 있는 것 같은데 확인 좀 해주시겠어요?
차장	자리요…… 원래부터 자리라함은 정해진 것이 있나요? 아가씨가 앉으면 아가씨 자리, 저 아가씨가 앉으면 저 아가씨 자리지요. 하하, 농담입니다. (육혜경에게) 표 좀 볼까요?
육혜경	여기요.
우미진	어! 터진다. 맞네! 봐요! 맞잖아요!
차장	이분들 여기가 맞는데. (우미진에게) 휴대폰 좀 볼까요?
육혜경	어떻게 좌석 번호가 같지? 창구에서 표를 잘못 끊어줄 리가 없잖아요.
우미진	내 자리 맞다니까요.
육혜경	이상하네. 혹시 잘못된 거 아니에요?
차장	맞네요.
육혜경	네?
우미진	거봐요. 맞다고 몇 번을 말해! 내가 먼저 왔으니까 다른 자리 찾아봐요.
차장	근데 이건 돌아올 때 표인 것 같은데,
우미진	그럴 리가 없는데…….
차장	가는 표 좀 확인해도 될까요?

우미진	휴대폰 줘요! 나도 확인할 줄 아니까.
육혜경	앉아.
고란	…….

우미진은 자리를 옮긴다. 육혜경과 고란도 자리를 잡는다.
흰 바지에 흰 구두, 흰 남방을 입고 한껏 멋을 낸 백준석 등장한다.
백준석은 기차 안을 둘러보다 우미진 옆자리에 앉는다.

백준석	반짝반짝 작은 별, 아름답게 비치네.

뒤이어 먹을 것을 잔뜩 들고 나타난 설동욱,
우미진 옆에 앉은 백준석을 보고 말도 못하고 주춤거린다.

백준석	아가씨, 어데 좋은 데 여행하나 봅니다.
우미진	네?
백준석	좋―은 데 여행가는 아가씨 치곤 표정이 안 좋은데.
우미진	아…….
백준석	예쁜 아가씨 여행길을 우울하게 만든 건 뭘까?
우미진	…….
설동욱	저기요.
백준석	어이쿠, 아가씨 나 이래 봬도 나쁜 사람 아니야. 옆자리 앉은 것도 인연인데, 도란도란 이야기 나누며 가면 을매나 좋노. 어디까지 가는가? 난 서울 가는데.

설동욱　저기요!

백준석　옛날에는 말이제, 대구에서 서울 한 번 가는 것도 일이 었어. 한나절을 꼬박!

설동욱은 힘겹게 말을 꺼내지만 무시당하다 큰 용기를 낸다.
우미진은 그 모습이 우습다.
마영균은 백준석을 발견한다.
'작은 별' 음악이 나오고, 차장의 마지막 대사와 함께 음악은 멈춘다.

설동욱　저, 여기 제 자린데요.

마영균　어요! 니 자리 여—다!

백준석　뭔 소리고?

설동욱　(표 내밀며) 이것 보세요. 여기 맞잖아요.

백준석　내 표 줄 테니까 나랑 자리 바꿔요. 내가 먼저 앉았으니까.

마영균　안 들리나? 지 듣고 싶은 것만 들리제.

설동욱　네?

백준석　맛있는 것도 많이 들었네. 나한테 하나 팔아요. 아가씨 뭐 먹고 싶은 거 있나?

설동욱　할아버지!

백준석　뭐? 할아버지? 내가 와 니 할배고?

설동욱　영감님—.

백준석　일 없어.

설동욱　지금 그게 문제가 아니라요.

백준석　그럼 뭐가 문제고?

설동욱　제가 일행이 있는데요.

우미진　빨리 앉아.

설동욱　이것 좀 받아 봐. 뭘 먹으려할지 몰라서 이거저거 사왔어.

우미진　뭘 이렇게 많이 사왔어, 돈 아깝게.

백준석　어험! 내 자리가 어디더라…… 실례가 많았소, 젊은 양
　　　　　반들.

설동욱　네! 살펴가세요.

　　　　　백준석은 열차 안을 두리번거리며 돌아다니다가 화장실로 향한다.

마영균　또 어데 가노?

2. 출발, 동대구역!

영사막 화면은 극중에 등장하지는 않지만, 같은 기차 안에 탑승했을 한 유튜버가 촬영 중인 화면을 보여준다. 화면은 창밖 풍경과 자막을 담고 있다. 정방향 좌석에서 바라보는 풍경에서 점차 역방향 좌석의 풍경으로 바뀐다.
화면은 차장의 마지막 대사에 블랙아웃 된다.

차장   KTX를 이용해주시는 고객여러분께 진심으로 감사의 인사드립니다. 저희 열차는 동대구역을, 출, 발, 하여 대전, 천안아산, 을 경유, 하여 서울역, 에, 도, 착, 하는 열차, 입니다.

설동욱   출발, 출발, 출, 발.
우미진   도착, 도착, 도, 착.
백준석   어디로 가야 되나?
마영균   어디긴 어디고? 거기지.
차장   문득 낯선 시간, 낯선 공간을 마주하게 되면 처음 보는 낯선 이에게 묻습니다.
육혜경   여기가 출발지 맞나요?
고란   거기가 도착지 맞나요?
우미진   거기가 어딘데요.

고란	여기는요.
육혜경	거기가 여기에요.
설동욱	여기가 거기군요.
고란	진짜 어딘지 아신다고요?
백준석	상행선이 어딘교?
마영균	하행선은 어딘교?
우미진	좌행선은요?
설동욱	우행선은요?
차장	어쩌다 매우 따분한 일상 속에서, 익숙한 공간 속에서 낯선 사람이라도 마주치면 듣습니다.
마영균	내 자리, 여기가 확실한교?
육혜경	네, 아까 확인해드렸잖아요. 근데 제 자리는요?
우미진	제 자리가 어딘지 모르겠어요.
설동욱	이 자리는 누가 정한 건가요.
고란	제 자리, 여기가 확실한가요?
육혜경	네 자리는 거기가 확실해! 근데 내 자리는?
백준석	내 자리는 대체 어딘교?
우미진	내 자리는 여긴 아닌 것 같아요.
설동욱	내 자리는 여기가 맞는 것 같은데요?
고란	내 자리는 누가 정한 건가요.
육혜경	제 자리가 어딘지 모르겠어요. 여기가 제 자리 맞나요?
차장	이름 석 자 좌석표 삼아 살아가는 인생들이 내 자리를 찾습니다.

고란 이 여자랑 더 가까이 앉도록 해주세요. 그리고 기차가 서울역에 가까워질수록 점점 더 먼 자리로 보내주세요. 어서요.

설동욱 이 여자랑 더 가까이 앉도록 해주세요. 그리고 기차가 서울역에 가까워질수록 점점 더 먼 자리로 보내주세요. 어서요.

백준석 이놈이랑 더 가까이 앉도록 해주세요. 그리고 기차가 서울역에 가까워질수록 점점 더 먼 자리로 보내주세요. 어서요.

차장 불편사항은 저희 승무원에게 말씀하여 주시면 편안하고 즐거운 여행이 될 수 있도록 최선을 다하겠습니다. 감사합니다. 그럼 열차 출발하겠습니다.

열차 출발 소리.

영사막 화면은 달리는 기차의 바깥 풍경을 보여준다.

3. 입석으로 탄 사춘기 열차

고란 창밖을 쳐다보고 있다.

육혜경 계속 아무 말, 안 할 거야?

고란 …….

육혜경 너랑 나도 참…… 다 널 위한 거야. 너도 알잖아.

고란 …….

육혜경 너도 알만큼 아는 나이잖아. 지금 당장 모든 게 제자리
로 돌아오길 바라진 않아. 적어도 네가 이해했다는 시늉
이라도 해주길 바라는 거야. 그게 그렇게 어렵니? (사이)
무슨 말이라도 좀 해봐.

고란 아, 생각할수록 졸라 짜증나. 나이 좀 처먹었다고 벼슬,
훈장단 것 마냥 목에 핏대 올리는 걸 보면…….

육혜경 너 지금 나한테 한 소리야?

고란 뭐래. 아까 그 아줌마 얘기한 건데, 왜? 찔려?

육혜경 말 곱게 안 해?

고란 뻔뻔해도 그렇게 뻔뻔할 수가 없어. 이래서 대중교통 타
는 게 싫다니까. 시민의식이란 게 없어! 이럴 거면 지하
철이랑 뭐가 달라? KTX 한 번 타보겠다고 따라왔더니
별 거 없네.

육혜경 KTX랑 지하철이랑 시민의식은 또 무슨 관계야?

고란	그렇다고 차 끌고 다닐 능력이 있어 보이지도 않았고. 머리 꼬라지는 또 그게 뭐야? 어디서 본 건 있어가지고.
육혜경	고란! 말 곱게 하라고 했다. 그러는 넌? 이게 학생신분에 맞는 복장이야?
고란	덕선이 담임도 아니고. 선생이라고 티내는 거야, 뭐야? 당신 옷이나 제대로 입고 다니시지? 옷이랑 머리랑 어울린다고 생각해? 촌스러워. 같이 다니기 쪽팔려. 요즘 시대가 어떤 시댄데 그러고 다녀.
육혜경	이게 보자보자 하니까!
고란	난 당신처럼 살기 싫다고.
육혜경	누가 나처럼 살래? 학생이면 학생답게 하고 다니라는 거잖아.
고란	또 시작이네.
육혜경	알아서 잘하고 다녔어봐. 나도 입 아파.
고란	이럴 때만 선생이지. 선생이 무기지? 그래, 그럼 다른 선생들이랑 똑같이 대접해줄게요!
육혜경	왜 매사를 이분법적으로만 생각해? 내 말은 먼저 태어나서 너보단 좀 더 살았으니까…,
고란	유식한 척하지 마시죠. 무식해서 안 통하니까. 갑갑하게 선생님으로 살아가는 분이랑 무슨 대화가 통하겠어요?
육혜경	새빨갛게 어린 게 뭘 안다고!
고란	선생님, 비밀 하나 말해줄까요?
육혜경	그래, 말 잘했다. 너 이젠 얘기할 때도 됐어. 어디서 뭐하

고 있었던 거야?

고란　새빨갛게 어린 것들한테 뒤에선 욕 엄―청 들어먹는 거 알아요? 오래오래 만수무강 하시겠어요.

육혜경　계속 그런 식으로 나와. 너 그거밖에 안 되는 애였어?

고란　나 어떻게 찾았어!

육혜경　내 말 듣고 있긴 하니?

고란　어떻게 찾았냐고?

육혜경　고라니!

고란　고라니? 이 상황에 이름 갖고 장난해?

육혜경　낯 뜨거워서 정말! "오빠, 나 한가해요." 이건 뭐야?

고란　(사이) 아……, 인스타.

육혜경　동네방네 광고하면서 널 못 찾을 거라 생각했니?

고란　SNS 뒤질 거란 생각은 못했네. 아니, 뒤졌다 하더라도 여기까지 올 줄이야.

육혜경　남자친구가 대구에 있어?

고란　알 거 없잖아.

육혜경　여기가 어디라고, 돈은 어디서 났어? 남자친구는 뭐하는 사람이야? 대학생?

고란　…….

육혜경　이왕 이렇게 된 거 다 털어놔. 뭐가 문젠지 알아야 도와주지. 응?

고란　돈이랑 남자……?

육혜경　뭐? 못하는 말이 없네. 못된 것만 배워 와서, 너 어쩌다

이 지경까지 됐어?

고란　　다 도와준단 말을 말든가.

우미진, 휴대폰을 보면서 육혜경과 고란을 지나쳐 화장실에 간다.

우미진　하여간 문제야, 문제. 뭘 하고 다니는지 알게 뭐람? 이런
　　　　　것들은 종자의 씨를 말려야 돼!

고란　　지금 저 여자 뭐라고 한 거야?

육혜경　너한테 한 말 아니야.

고란　　다들 나한테 지랄이야!

육혜경　야! 너 뭐라 그랬어? 고란! 너 어디 가?

고란　　화장실!

고란이 일어난 자리에는 가방과 옷가지가 가지런히 놓여있다.
고란의 옷을 만지작거리며 놓았다 두었다 반복한다.
육혜경은 고란이 나간 곳을 재차 확인한다. 그러다 고란의 가방을
열어보는데 머리끈, 휴대폰 충전기 등 잡다한 것들 나오다가 담배
와 라이터.

육혜경　어머!

콘돔을 발견한다.

육혜경   어머머!

육혜경은 주변을 두리번거리다 설동욱과 눈이 마주친다.
당황한 육혜경은 손에 쥐고 있던 담배, 라이터, 콘돔을 자신의 가방
에 황급히 넣고서 잠든 척한다.

4. 건널목에 서면

마영균, 한글공부 책을 보면서 공부하는 중이다.
우미진 들어온다. 자리로 돌아가 앉으려 할 때 문자메시지 도착을
알리는 소리.

우미진　　○월 ○○일 두 시. 내일이네.

열차가 덜컹거린다. 우미진의 휴대폰이 마영균의 발밑으로 떨어
진다.
우미진, 손을 뻗어보지만 닿지 않는다.
마영균은 우미진 행동에 놀라서 책을 숨긴다. 휴대폰을 주워 주려
다가 멈춘다.

우미진　　할아버지 죄송한데요, 휴대폰이 떨어져서요.
마영균　　내가 주워줘도 되나?
우미진　　손이 닿질 않네요.
마영균　　내가 주워줘도 괜찮단 말이제?
우미진　　네? 힘드시면 제가 할게요. 발로 살짝만 밀어주세요.

마영균, 물끄러미 떨어진 휴대폰과 우미진을 번갈아 본다.
우미진은 이러지도 저러지도 못하고 서 있다.

마영균은 휴대폰을 줍고, 가방에서 찐 감자를 꺼내어 함께 건넨다.

마영균　발은 무슨, 손으로 주워주면 되지. 아가씨, 몸에 좋은 기라, 이거.

우미진　고맙습니다.

마영균　나야말로 고맙제.

우미진　네?

마영균　감자도 나눠 먹을 수 있고. 요즘 사람들은 먹을 거 건네면 안 받는다매.

우미진　아…….

마영균　젊은 아가씨라 승무원 양반 끌고 다니는 카트에 있는 걸 더 좋아하제? 그래도 몸에 좋은 기라.

우미진　감자, 좋아해요.

마영균　잘 됐네. 이게 무슨 맛이라고…….

우미진　건강식이잖아요.

마영균　들렸나?

우미진　네. 할아버지 여행하신다고 할머니께서 싸주셨나 봐요?

마영균　우리 할멈? 세상 떠나 못 본 지가 수십 년이다.

우미진　아, 죄송해요.

자리에서 이를 보고 있던 설동욱이 우미진 쪽으로 간다.

설동욱　미진아, 무슨 일 있어?

우미진	어? 아니야, 휴대폰이 떨어져서. 할아버지, 잘 먹을게요.
마영균	잠깐만요, 젊은 양반.

마영균은 감자를 하나 더 꺼내어 설동욱에게 건넨다.

마영균	짝지가 있는 줄은 몰랐네, 자! 감자가 남자한테 좋은 기라.
우미진	네?
설동욱	와, 맛있겠다. 감사합니다.
마영균	슨남슨녀 카풀이네.
우미진	그런 거 아니에요, 할아버지. 휴대폰 감사해요.

우미진 자리를 피한다.

마영균	저게 신기하긴 하드래이. 나는 전화하고 받고 말고는 몬 했는데,
설동욱	아, 네. 할아버지, 그럼…….
마영균	얼마 전에 배았거든. 요걸로 TV도 볼 수 있드만! 〈서울은 지금 맑음〉인가 그 드라마 재미나드라. 총각도 아나?
설동욱	네, 그럼 알죠!
마영균	와이파인가 초코파인가 그거 없는 데선 보지마라 카든데, 이거 지금 되는 기가?
설동욱	네. 잘 되네요. 십 분 정도는 무료로 보실 수 있을 거예요. 감자 잘 먹을게요.

멀리서 삶은 계란을 까먹으며 그 모습을 유심히 지켜보던 백준석,
자리로 돌아오는 우미진에게 삶은 계란을 하나 건넨다.

백준석   아가씨! 이거 몸에 좋은 긴데.

우미진. 휴대폰을 보느라 백준석의 말을 듣지 못하고 지나친다.
설동욱, 자리로 돌아가다가 이 광경을 보고 계란을 받아들고 돌아
간다.

백준석   아가씨?
설동욱   감사합니다. 잘 먹을게요, 할아버지.
백준석   뭐고? 니 또 할아버지!

5. 황혼 열차의 충돌신호

백준석은 여기저기 두리번거리다가 마영균과 눈이 마주치고는 자리에 앉는다.

마영균, 한글공부 책을 다시 한 번 꽁꽁 숨긴다.

마영균 뭐하다 이제 오노. 머리 꼬라지는 그게 또 뭐고?

백준석 고추자루 그거 꼭 가져가야 되겠나?

마영균 내 고추자루 내가 들고 가는데 니가 와. 니는 지금 나이가 몇인데 웃하며 머리하며 아이고, 남사스럽데이.

백준석 니는 가서 거울이나 좀 봐라. 노친네 티내는 것도 아이고, 창피해서 같이 못 다니겠네.

마영균 오늘은 제발 그만하제이.

백준석 아까 보니까 젊은 아가씨랑 감자 나눠먹고 보기 좋더라.

마영균 야가 뭐라카노. 그러는 니는 메뚜기마냥 사부작사부작 옮겨 댕기면서 찝쩍거리는 꼴이 보기 좋더래이. 니 손녀뻘이다.

백준석 아이고, 고만한 눈구녕으로 볼 건 다 보고 있었네. 앙큼한 영감쟁이.

마영균 나이를 단디 거꾸로 잡쉈네. 사람들이 내까지 니처럼 볼까봐 겁난다. 니는 하늘에서 보고 있을 마누라 무섭지도 않나.

백준석	죽은 마누라 뭐가 무섭다고? 청승맞게 매일 할멈 사진 들여다보는 니 같은 놈이나 무섭겠지. 우짜노, 오늘은 할멈 사진 못 봐서?
마영균	고양이 쥐 생각하고 자빠졌다. 내 휴대폰으로 찍어왔다 아이가!
백준석	지랄병! 제발 현실감 있게 살아라. 니가 저승에 있는 놈인지 이승에 있는 놈인지 모르겠다. 춘향이가 정절 마영균 선생 제자라매?
마영균	이런 걸 남편이라고 같이 살았던 제수씨 속은 얼마나 썩어 자빠졌겠노.
백준석	하늘에 있는 우리 할멈? 내 없으이 고생할 것도 없다. 있던 주름까지 쭉 펴고 잘 살고 있을 낀데 뭐가 걱정이야. 살아 있는 내가 걱정이지.
마영균	마이해라, 니 걱정!
백준석	근데, 니 아까 저기 둘이 온 아가씨들이랑 무슨 말 했노?
마영균	말은 무슨. 내 자리 찾아줬다 아이가!
백준석	나도 가서 말 한 번 걸어볼까? 오늘 머리도 손질하고 옷도 차려입고 왔는데.
마영균	아이고 지랄도, 지랄도 참⋯⋯.
백준석	여행의 낭만이잖아, 친구야.
마영균	이게 무슨 비둘기호 완행열차인 줄 아나본데 KTX다, KTX!
백준석	비둘기호 완행열차였으면 이런 걸 니한테 왜 물어보겠노?

마영균	이놈은 기차만 타면 발악하는 꼴이 삼십 년 전이나 지금이나 똑같노!
백준석	치매는 안 걸리겠데이. 그라고 보이 니랑 기차 타고 여행가는 게 삼십 년 만이네. 기차도 참 많이 달라졌다…….
마영균	니만 똑—같다, 니만! 여행은 무슨…….
백준석	내만 여행이고 니는 고추 배달부제?
마영균	시끄럽다, 니 그냥 저리 가뿌라, 시비 걸지 말고.

고란, 자리로 돌아와 앉는다.
백준석의 시선이 육혜경과 고란 쪽으로 향한다.

백준석	니랑 놀아주는 내가 있을 때가 고마운 줄이나 알아라.
마영균	머릿속에 무슨 생각인지 원. 그래가 다 벗겨졌는 갑다.
백준석	니 눈구멍은 그때나 지금이나 똑같노. 그때 좀 더 찢어놓을 걸 그랬데이.
마영균	이걸 고마 확 다 뽑아뿔까보다! 니 어디 보노? 사람 말하는데!
백준석	마! 내 가서 남자답게 얘기할게. 도와도.
마영균	아들은 니 이러고 다니는 줄 아나? 조금 있으면 볼 건데 부끄럽지도 않나.
백준석	고추자루 들고 서울시내 돌아다닐 생각하면 부끄럽지도 않나보네.

마영균	내 고추가 와. 니 고추가 부끄럽다.
백준석	뭐라카노! 그 고추랑 이 고추랑 같나? 내 고추가 와? 와 부끄럽노? 함 보여줄까?

백준석은 일어서서 바지 지퍼를 연다.

마영균	치아라! 사람들 본다! 어디 그 더러운 걸…….
백준석	더러워? 니 뭐라 했노?
마영균	암말 안했다. 나이 처 묵을수록 어째 귀는 밝아지는지…….
백준석	니 또!
마영균	그라고 나는 이 낙에 사는데 왜! 어디서 굴러 들어온 지도 모르는 거 애들 먹이는 거 아니다. 일 년 내내 농사짓고 잘 말려서 곱게 빻아온 거 알면서 그라노?
백준석	니는 이 나이 먹고도 자식들 뒤치다꺼리고? 이젠 대접 받아도 시원치 않을 판에 니 팔자도 참…… 대접은 못 받을망정 대접하나?
마영균	우리 아들이 내한테 얼마나 잘한다고…… 이번에 서울 올라와서 같이 살자 카는데, 와!
백준석	우리 아들은 이번에 단풍구경 가자던데, 단풍은 어디가 좋을꼬? 늙어서 웬 호강인지, 자식밖에 없다.
마영균	내사 우리 집 뒷산 단풍이 제일 좋드라.
백준석	그 단풍이랑 자식, 손자, 며느리랑 같이 보는 단풍이랑

같나? 우리 손자는 이번에 전교 일등 했다 카대. 가서 용
돈 좀 주고 와야겠다.

마영균   니 머리는 안 닮았는 갑다.

백준석   치아라, 마! 안 도와줄 거면 말든가!

마영균   세 살 버릇 여든까지 간다고 손 올리는 버릇은 아직 몬
고치는 갑다.

백준석   마이 컸다 아이가!

마영균   니 또 어디 가노?

백준석   변소 간다!

마영균   어디 가서 찝쩍대지 말그래이!

백준석은 화장실로 향한다.

마영균은 백준석이 나간 걸 확인하고 다시 한글공부 책을 꺼낸다.

6. 청춘 열차의 노선

한편 우미진, 휴대폰을 계속 보고 있다. 설동욱은 그런 우미진을 보고 있다.

설동욱　계속 휴대폰만 뚫어져라 보고 있을 거야?

우미진　잘하는 걸까?

설동욱　그럼 내릴까?

우미진　실은 너한테 말 안 한 거 있어.

설동욱　뭔데? 두수랑 싸웠다는 거? 나도 알아.

우미진　그거 말고! 나 이따가 또 기차 탄다.

설동욱　지하철도 기차냐?

우미진　아니! 동대구행 밤기차야.

설동욱　내일 수술 있다면서? 그것보다 더 중요한 일이야?

우미진　어쩌면!

설동욱　무슨 일인데?

우미진　그런 게 있어.

설동욱　말 안 할 거냐? 궁금하게 하지나 말든지.

우미진　…….

설동욱　대꾸도 안 하네. 사람이 말을 하면 대꾸를 좀 해라. 그래, 난 알아도 모른 척, 몰라도 모른 체 있어야겠지.

우미진　휴대폰은 오늘 따라 왜 이리 말썽이야.

설동욱 말썽인 휴대폰치고 너무 바쁜 거 아니니? 하루 종일 카톡카톡, 드르륵 드르륵.

우미진 누나가 좀 바쁘잖니.

설동욱 이럴 때만 누나래. 내가 무슨 부귀영화를 누리겠다고 월차까지 써가면서 여기까지 따라 나선 건지 참…… 나도 우리 집에선 귀한 아들인데 이런 상 바보가 없을 거야. 그치, 미진아?

우미진 할게, 할게! 한다고. 니 친구는 왜 그 모양이냐.

설동욱 누구? 너?

우미진 계속 그렇게 말 빙빙 돌려. 나 그 인간이랑 연락 안 하기로 했어.

설동욱 니들도 참…… 솔직히 너네 연락 안 하는 게 한두 번이야? 저저번 주에도 불러내서 그러더니만.

우미진 야! (사이) 됐다! 말을 말자.

설동욱 알았어, 알았어. 뭔데, 이번에 뭐 때문에 싸운 건데? 어? 얘기해봐.

우미진 (사이) 따지고 보면 모텔영수증이 걸린 것도 아니고 어젯밤 술자리가 회식자리가 아니었던 것도 아니야. 딱히 둘 중에 누가 잘못해서 사건이 있어서 싸우는 게 아니라 그냥 싸우는 거야, 그냥. 아무런 목적도 없고 왜 싸우는지도 모르고.

설동욱 그래, 그래. 근데 뭐가 문젠데?

우미진 이번 주는 혼자 있고 싶대. 기가 막혀서. 일주일에 한 번

밖에 못 보는데.

설동욱 그래서 연락하지 말자고 했다?

우미진 어.

설동욱 에이, 무슨 일이 있나보지……. (사이) 잘했네, 잘했어! 그 새끼 안 되겠네. 일주일에 7일을 만나도 모자랄 판에. 그럼 오늘 밤기차는 뭔데?

우미진 하루이틀은 편했다. 그런데 삼 일째가 되는데 겁이 나 더라. 이 사람 나랑 헤어지려나 하는 생각이 드니까, 그 때부터 내가 알고 있는 온라인 흔적들이라도 뒤지게 되 더라고. 이메일, 페북, 쇼핑몰, 휴대폰 통신사 홈페이 지…… 아무것도 안 나오니까 내가 뭘 하나 싶더라.

설동욱 무섭다. 그런 건 어떻게 다 알아 내나?

우미진 들어봐! 더 무서운 건 지금부터야. 철도 예매사이트 비 밀번호가 생각난 거야.

설동욱 기억력이 좋은 거야, 의심이 많은 거야?

우미진 시끄러! 오늘밤 열 시 십오 분에 서울역에서 동대구로 오는 열차표가 한 장 예매되어 있었던 거야.

설동욱 그럼 아까 말한 그게?

우미진 응.

설동욱 서프라이즈 아냐? 너 몰래? 대박!

우미진 야!

설동욱 미안. 그래서?

백준석은 화장실에서 돌아와 여기저기를 기웃거리다 빈자리에 앉는다.

우미진, 창밖을 바라본다.

설동욱　그 열차표가 의심스럽다, 그거지? 어?

우미진　얘기하기 싫어졌어.

설동욱　아, 왜? 안 끼어들게. 해줘.

우미진　싫다니까!

설동욱　(사이) 내가 전화해서 물어볼까?

우미진　하기만 해.

설동욱　근데 너 서울 가는 거 몰라?

우미진　연락 안 한다니까…….

설동욱　아…… 근데 무슨 수술이야? 혹시, (사이) 성형수술?

우미진　야! 짜증나.

우미진, 다시 창밖을 바라본다.

설동욱, 무슨 말을 해야 할지 몰라 우미진의 눈치를 본다.

설동욱　뭐 좀 더 먹을래? 커피 사올까?

우미진　됐어, 배불러.

설동욱, 일어난다.

우미진　안 먹는다니까!

설동욱　화장실 좀.

　　　　　설동욱, 화장실로 향한다. 우미진, 창가에 머리를 기댄다.

　　　　　조명 바뀐다.

　　　　　열차 도착. 차장의 안내방송이 들린다.

　　　　　인물들의 의자는 해체되고, 이때 영사막 화면은 기하학적 무늬로

　　　　　가득 채워진다.

차장　잠시 후 열차는 대전역에 도착하겠습니다. 무사히 도착
했군요. 다행입니다. 잊어버리신 물건이 없는지 확인하
시고 목적지까지 안녕히 가십시오. 잊어버리신, 잃어버
리신, 열차, 도, 착, 하였습니, 다. 조금만 더, 가면, 전, 퇴
근, 입니다, 야호!

육혜경　10시 15분, 동대구 행, 밤 기차, 한 장.

백준석　　　10시 15분, 동대구 행, 밤 기차, 한 장.

고란　　　　　10시 15분, 동대구 행, 밤 기차, 한 장.

마영균　　　　　　10시 15분, 동대구 행, 밤 기차, 한 장.

고란　그것도 하필 특실, 창 쪽 좌석, 짠돌이가 특실?

마영균　　그것도 하필 특실, 창 쪽 좌석, 짠돌이가 특실?

백준석　　　　그것도 하필 특실, 창 쪽 좌석, 짠돌이가 특실?

육혜경　　　　　　그것도 하필 특실, 창 쪽 좌석, 짠돌이가 특실?

우미진	누군가 서울로 그이 만나러 간 것 같아요. 그래서 내려가는 표를 끊어준 거죠. 두 장도 아닌 한 장이요.
백준석	소설 쓰는 거 아이가? 확실하나?
우미진	확실해요. 촉이죠, 여자의 촉!
백준석	총이다, 총! 여자의 무기!
우미진	옆자리에 내가 아닌 다른 여자가 있으면 어떡하죠? 그러다 절 발견하기라도 하면 어쩌죠?
백준석	그땐 니도 특실로 표나 끊어 달라 카믄 되겠네! 하하.
고란	그냥 당신이 먼저 헤어지자고 해버려요. 길거리에 깔리고 깔린 게 남잔데 또 만나면 되지!
육혜경	차라리 그런 남자란 걸 일찍 알게 된 걸 다행으로 생각해요. 혹시 결혼 약속이라도 한 사이는 아니죠?
우미진	그런 말은 오고 갔었죠.
백준석	아이고, 웰 캄 투 헬―.
고란	그런다고 사람이 달라질까? 결혼은 법적인 책임을 지느냐 마느냐 인거지 사람 마음은 어쩔 수 없어.
우미진	습관처럼 함께해 온 시간이 있는데……. 집에 기르던 화초가 죽어도 마음이 안 좋고 기르던 개가 집을 나가도 우울하다고. 하물며 사람인데 그게 말이 돼요?
모두	사람이니까 말이 되는 거죠.
우미진	아무리 사람이라도 어떻게 그래요? 너무 이기적이잖아요.
고란	뭘 그리 고민해요? 그냥 전화해서 물어 보면 되잖아요.

우미진	이번만큼은 그러고 싶지 않아요.
육혜경	아직 믿고 있네요. 그렇죠? 지칠 대로 지쳐서 포기한 건 아니잖아요.
우미진	그 사람이 나한테 지쳐가는 게 느껴져요. 사소한 일에도 의심하고 화를 내는 내 모습이 무서워 자꾸만 거짓말을 하게 된대요. 그 사람을 믿어주는 척이라도 하고 싶어요.
백준석	결국! 당신도 온전히 그 사람을 위해서는 아니구만.
우미진	어째서요?
백준석	그 남자한테 밉보일까 두려운 거 아이가. 요만한 흠도 잡히기 싫은 거지.
육혜경	행여나 의심한 게 아니게 되면 당신은 그 사람이 어떤 결단을 내리든 아무런 할 말이 없게 될 테니까, 그게 두려운 거죠?
우미진	그래요.
고란	아니 뗀 굴뚝에 연기가 나겠어? 남자가 잘못했네. 맞죠?
우미진	맞아요. 저랑 만나면서도 다른 여자들과 밥 먹거나 차 마시거나 술 마시는 걸 아무렇지 않게 생각했어요. 그 중엔 전에 사귀었던 여자도 있었어요.
고란	헐, 미친 거 아냐? 그걸 가만히 놔뒀어요?
우미진	말은 안 했지만, 난 알고 있었어요. 근데도 친구 사이라니까 이해하려고 했어요. 지나버린 시간을 탓할 수도 없고, 나만 만나라고 할 순 없으니까요.
고란	천사납쇼.

우미진 난 그이가 저랑 가장 가까웠으면 좋겠어요. 근데 왜 자꾸 의심하게 되고, 화내고…… 지금의 나보다 과거의 그들과 관계를 유지하는 게 더 중요한지 시험해보게 되더라고요.

육혜경 그게 그 사람에겐 갑갑함을 주고 지치게 만들었다고 생각하는 거죠?

우미진 그 사람도 과연 그렇게 생각하는지가 문제죠. 제가 화내고 의심하는 것만 보이나 봐요. 왜 그러는지를 생각해보려 하지 않아요.

백준석 자고로 남자는 말이죠, 원래, 그런 동물입니다.

고란 확 잘라버려야 돼, 그런 놈들은.

우미진 그이도 자기가 달라졌단 건 인정해요. 처음처럼 마냥 설레고 뜨거울 순 없지만 마음만큼은 달라지지 않았다고 말해요.

마영균 바보 아이가? 아직도 그 남자밖에 모르네. 그렇게 괴로워할 바에 자신을 더 생각하고 아껴요.

우미진 이게 날 생각하고 아끼는 행동이란 걸 왜 모르세요? 해볼 때까지 해봐야 나중에 후회가 없을 것 같아요.

고란 나중? 지금 당장은 어때요? 스토커 마냥 그 사람 흔적이나 몰래몰래 뒤지고 여기까지 따라나선 당신 모습 구차하잖아요. 여자 망신이에요, 그거!

우미진 나도 알아요. 근데 이게 다가 아니에요.

백준석 뭐가 또 있나? 하이고, 복잡시려워라. 뭔데?

설동욱 나타난다.

우미진	가까울수록 비밀은 존재하는 법.
고란	적당히 알수록 친해질 수 있는 법.
육혜경	다 알면,
고란	다 모르면.
설동욱	잃거나 얻거나,
우미진	얻거나 잃거나.
백준석	그럴싸하네?
마영균	친구.
우미진	연인.
설동욱	친구의 연인.
마영균	그래서 당신은 얼마나 만족하오?
백준석	즐겁소?
우미진	행복하죠?
육혜경	외롭겠지.
설동욱	두근거리나?
고란	후련할 테지.
모두	아무렴! 아차 하는 순간 바뀌는 게 인생이니까!

서류가방을 든 한영일, 열차 안으로 들어온다. 모두 한영일에게 시
선이 간다.

그는 휴대폰으로 좌석을 확인하고 익숙한 듯 본인의 자리를 향해

서 걸어간다.

차장의 안내방송이 들려온다.

차장 종착역까지 즐거운 여행되시길 바랍니다. 열차 출발하
겠습니다.

열차 출발한다.

우미진, 옆을 보니 설동욱은 잠들어있다.

한영일은 자리에 앉아서 노트북을 꺼낸다.

영사막 화면은 한영일이 등장하면서 윈도우 시작화면으로 바뀌고,

열차 출발 후 각종 그래프와 통계자료, 알아들을 수 없는 외국어가

쓰인 문서들을 계속해서 보여준다.

7. 사춘기 열차의 폭주

고란, 자리로 돌아온다.

고란　　광고를 해라, 아주. 남 일이라 상관하고 싶진 않다만 저 사람들 무슨 일 있긴 있나 봐.

육혜경　이 기차 안에 무슨 일 없는 사람 아마 한 명도 없을 거다. 욕하고 도망가는 건 어디서 배웠어?

고란　　욕? 내가 언제?

육혜경　아까 했잖아!

고란　　아, 지랄?

육혜경　란이 너, 또!

고란　　그 얼마나 아름다운 말인 줄 알아? 하긴, 고상하신 분들은 배우는 것도 가려서 배우니 가르친 보람이 있을지는 모르겠네. 웃긴 이야기 뒤엔 '앗, 지랄', 할 말 없어도 '지랄하네', 말도 안 되는 말엔 '지랄을 한다', 화났을 땐 '지랄도'. 대구에선 그러던데? 지랄병! 지랄 그 한 마디로 모든 걸 말할 수 있어. 그것도 몰랐어? 따라해 봐, '지랄'.

육혜경　말도 안 되는 말만 늘어놓고, 그런 게 수능에나 나와?

고란　　제발 나와라! 등급 좀 올리게.

육혜경　너 대체 대구에서 누구랑 있었어? 뭐했어?

고란　　…….

육혜경	계속 그렇게 숨길 거야? 어린 녀석이 욕지거리에 버릇없는 말투하며 하루 종일 팅팅 불어터져서 사람 불편하게 하는데 도저히 못 참겠다. 넌, 애어른도 없지?
고란	여기 어른이 있었나?
육혜경	그래, 너한테 어른 대접 바라지도 않는다만 말 한마디 없이 학교 안 나타나고, 친구들도 모른다, 다들 모른다 모른다. 내가 뭐가 되니?
고란	도대체 무슨 말이 듣고 싶은 거야! 방금만 해도 그래. 나한테 지랄을 어디서 배웠냐고 질문한 건 당신이야. 대답했지, 대구에서 배웠다고. 듣고 싶은 말만 듣고 살아?
육혜경	말대꾸 할래?
고란	그럼 입 닥치고 있을게요, 선.생.님.
육혜경	내가 정말 너 땜에⋯⋯ 니 맘대로 해!

육혜경, 자리를 박차고 나간다.
고란, 육혜경이 나간 곳을 분주하게 돌아본다.
옷을 만지작거리며 놓았다 두었다 반복하다가 가방을 자기 쪽으로 끌어당긴다.

| 고란 | 해보라면 못할 줄 알고? 돈만 있어 봐라. 다음 역에 내려버리면 그만이지 뭐. |

고란, 육혜경의 가방에서 담배와 라이터, 콘돔을 발견한다.

고란	뭐야? 나랑 취향이 같네! 참나, 어이없어. 꽉 막힌 척하더니만…… 할 건 다해.

고란, 육혜경의 지갑을 열고 주위를 두리번거리다가 설동욱, 마영균과 눈이 마주친다.

흠칫 놀란 고란, 애써 태연한 척하면서 지갑을 다시 가방에 넣고 자는 척한다.

열차 소리가 점점 커진다.

한영일, 노트북 배터리 꺼낸다.

열차 소리에 맞춰 한영일의 타이핑 소리도 함께 커진다.

영사막 화면은 0과 1의 반복이 계속된다. 01. 001. 010. 0110100…….

인물들의 의자가 해체 된다.

설동욱	도.둑.년. 애.어.른.도.없.는.년. 지.랄.같.은.년.
우미진	도.둑.년. 애.어.른.도.없.는.년. 지.랄.같.은.년.
백준석	도.둑.년. 애.어.른.도.없.는.년. 지.랄.같.은.년.
마영균	도.둑.년.애.어.른.도.없.는.년.지.랄.같.은.년.
고란	아니에요, 저 여자 때문이에요. 저 여자 머릿속에 있는 그 고유의 '지랄' 때문에 지금 나한테 지랄하는 거라구요.
설동욱	지랄.
고란	그래요, 근데 내 머릿속 지랄과는 다른 지랄이요!
백준석	지랄병.

고란	저 여자 머릿속이 궁금해요. 정답으로 가득 차 있는 것 같아요. 선생들 머릿속엔 항상 정해진 답이 있잖아요. 선생님만이 생각하고 선생님만이 알고 있는 답. 이번엔 어떤 정답에 날 끼워 맞춰서 앉혀 놓으려는 건지 모르겠어요. 정작 나에 대해선 아무것도 모르면서.
마영균	그래도, 니 찾아주는 건 저 여자밖에 없다.
고란	그래요. 아무도 안 찾는 날 찾아준 그 마음은 참 고마운데, 책임질 건 아니잖아. 그러면서 대체 왜 찾아온 건데? 왜 다시 서울로 데리고 가느냔 말이야!
우미진	세상이 그렇게 호락호락한 줄 알아? 저 여자가 널 왜 찾았겠니. 너 같은 애송이 하나쯤은 저 여자 손바닥 안이야.
백준석	자고로 옛말에 스승의 그림자는 밟지도 않는다 안 하나? 스승을 부모보다 더 공경하고 각별하게 예우하고…….
고란	스승은 무슨! 아니에요, 그런 거! 학교에서 꼬박꼬박 선생님, 선생님 부르는 것도 짜증나 죽겠어요.
설동욱	아니, 선생을 선생이라고 불러야지 뭐라고 불러? 무슨 홍길동이야? 선생을 선생이라 부르지 못하고…….
고란	모르면 좀 가만있어요! 선생이 아니라!

육혜경 나타난다.

육혜경	고란! 아니지, 육란.
고란	뭐야, 그렇게 부르지 마!

육혜경	난 이렇게 부르는 게 더 익숙한데.
차장	천안, 아산.
육혜경	이 아인 가지 말아야 할 곳에 가버렸어요. 아시잖아요. 먹고 먹히는 세상사 가면 갈수록 더 큰 아가리가 쩌억 벌린 채 이 아이를 기다리고 있다는 것도요! 전 이 아이의 책임자로서 작은 칼을 쥐고 그 안으로 성큼성큼 들어가는 거예요. 이 아이를 위해.
고란	미친년, 지랄을 한다.
우미진	말버릇 좀 봐! 선생님한테!
고란	선생 아니라니까요!
육혜경	육란!
고란	그렇게 부르지 말라니까! 너 대체 나한테 원하는 게 뭐야?
육혜경	적당히 니 나이 때 할 수 있는 것만 해도 되잖아.
차장	잊어버리,신. 잃어, 버리신.
고란	넌 모르지? 이게 다 너 때문이라는 거!
육혜경	피하지만 말고 잘못을 인정해, 그게 그렇게 어렵니?
고란	말 돌리지 마. 하긴 퍽이나 알겠어? 있는 놈들은 항상 저렇다니까. 절실한 게 뭔지는 알아?
육혜경	란아―.
고란	꺼져버려, 성가시게 굴지 말고! 당장 꺼져버리라고!
차장	열차, 도착, 하였.
마영균	무섭제, 두렵기도 하고 그자? 니가 아―무리 독수리맨키로 독하게 두 눈을 부릅떠도 아직 날개도 자라지 않은

아기 새라카이. 혼자 멀리멀리 날아갈라 캐도 날개가 튼튼해야 더 멀리 안 날겠나? 고마 둥지로 돌아온나.

고란 아무것도 날 말릴 수도, 방해할 수도 없어요. 내가 아닌 한, 나 대신 해결해 줄 수도 살아줄 수도 없는 거잖아요. 그럼 이 세상 모든 게 온전히 내 몫인 거잖아요.

백준석 야가, 이거 뭔 일이 있구마. 뭔데? 와 그라는데?

고란 그날 이후로 제자리는 바뀌었습니다.

육혜경 그날 이후로 제자리는 정해져 버렸습니다.
나에겐 단 한 번도 허락되지 않았던 말, 마음대로 해.
내 마음이 원하는 대로 산다면,
어디서부터 벗어나야 하나. 무엇부터 내려놓아야 할까.
그럴 용기, 내어볼 수나 있을까.
나에겐 허락되지 않았던 그 말을 이 아이에게 했어요.
마음대로 해, 마음 가는 대로 해.

육혜경 사라진다.

고란 담쟁이가 담을 따라 올라가듯, 동물이 주인을 따르듯, 아이가 엄마를 따르고 엄마 아빠가 서로 의지를 하듯 기댈 곳이 있는 자들은 그것이 영원하리라 믿겠죠. 실재가 아니면 마음 속에서라도요. 하지만 그거 아세요? 담쟁이도 담이 끝나면 어떻게 되는지.

설동욱 작가해도 되겠다. 그래도 네가 학생신분이라는 건 잊지 않았지?

고란　대한민국 고등학생이 이래도 되냐고요? 이보세요, 사회생활한 중학생이랑 공부만 한 대학생을 두고 보라고요.

동욱미진　아무렴!

고란　가지기 위해서라면!

육혜경　가지기 위해서라면!

혜경영균　당신이 행복해지길!

모두　당신이 행복해지길!

고란, 주저앉아 울기 시작한다. 승객들 고란에게 다가와 쓰다듬어 준다.

차장의 안내방송 들린다.

영사막 화면은 달리는 기차의 바깥 풍경을 보여준다.

차장　종착역까지 즐거운 여행되시길 바랍니다. 열차 출발하겠습니다.

8. 도착지까지 남은 시간, 50분

열차 덜컹거린다.

한영일, 하던 일을 멈추고 창밖을 본다.

백준석, 잠에서 깨어난다. 옆에서 마영균이 자는 것을 확인한다.

고란의 잠꼬대하는 소리가 들린다.

백준석, 고란 쪽으로 몸을 일으켜 세운다. 그리고는 마영균의 가방에서 감자 하나를 꺼내 고란의 무릎 위에 조심스럽게 올려놓는다.

백준석의 인기척에 고란 잠에서 깬다.

백준석, 당황하여 잽싸게 앉아 자는 척을 한다.

고란, 가방 위에 올려져있는 감자를 발견한다.

마영균은 백준석이 자리에 앉는 소리에 잠에서 깬다. 가방이 열린 것을 보고 그 안을 확인하기 위해 감자를 꺼내든다. 주위를 두리번 거리던 고란과 눈이 마주친다.

고란   저, 이 감자, 혹시 할아버지께서 두셨어요?

마영균   예? 내 감자긴 한데…….

고란   감사합니다. 잘 먹을게요.

마영균을 노려보는 백준석, 이때 육혜경은 음료를 들고 자리로 돌아온다.

마영균	아가씨도 하나 드셔보이소. 여기요.
육혜경	네? 아, 감사합니다.
백준석	아―잘잤데이. 이 무슨 냄시고? 내 몰래 감자 나눠먹고 있었나? 하나 도! 감자 맛있죠?
고란	마침 배고팠는데…….

육혜경, 고란에게 사온 음료수를 건넨다.

육혜경	마셔.
고란	어.
백준석	이 아가씨 뭘 알긴 아네! 감자엔 사이다지! 칠성사이다!
마영균	감자가 아니라 계란이다, 마.
고란	두 분 베프예요?
마영균	베프?
육혜경	얘는! 친구요, 친한 친구 사이.
백준석	친한 건 잘 모르겠는데, 이 나이에 친구라 하면 또 더 돈독한 게 있지요.
마영균	이 아가씨들이 내 자리 찾아줬다 아이가.
백준석	보기 드문 친절한 아가씨들이네.
육혜경	자리 찾아드리는 게 뭐 어려운 일이라고요. 덕분에 맛있는 감자도 먹네요.
백준석	아이고, 이 아가씨 말도 어쩜 이리 예쁘게 할꼬. 옆에 아가씬 나이가? 남자친구는 있나?

마영균	뭐하노, 니 제발 그만 좀 하그래이. 아가씨, 미안합니다.
백준석	궁금한 거 물어도 못 보나. 아가씨, 우리도 서울 가는데 아가씨들도 서울 가나? 원래 대구 아가씨들인가? 대구엔 미인이 많다던데. 원더푸르, 원더푸르!
마영균	이 영감이 미쳤나, 왜 이리 마지막 발악을 하노. 니 꼴이 쭈글쭈글한 게 딱 한여름 철 매미 같다. 주제를 좀 알아라. 으잉?
육혜경	두 분 돈독하시다는 게 뭔지 알겠네요. 잘 먹을게요.

한영일, 휴대폰을 꺼낸다.

영사막 화면은 기차표 예매창, 반복되는 스케줄표, 각종 기호, 떠다니는 숫자들을 보여준다. 이어서 그래프와 통계자료, 외국어로 쓰인 문서들을 보여준다.

백준석, 발로 마영균을 툭툭 친다. 마영균은 모른 척 창 밖을 본다.

계속해서 마영균의 고추자루를 툭툭 치는 백준석.

마영균	와 그라노?
백준석	우찌된 기고?
마영균	뭐가?
백준석	감자, 우찌된 거냐고.
육혜경	네?
백 / 천	맛있다고, 맛있다고.
백준석	하나 더 줄까?

육혜경	아니에요, 괜찮아요.
백준석	니 저 아가씨들한테 뭐라캤노?
마영균	아무 말도 안했다.
백준석	그니까 왜 아무 말도 않고 네가 넙죽 절을 받느냔 말이다.
마영균	뭔 소리고? 감자 니가 줬나?
백준석	내가 안 줬으니까, 내가 준 기지!
마영균	고추자루니 감자니 싸다니는 내가 부끄럽다매? 내 감자 맛있다고 고맙다고 하는데 그럼 내가 뭐라 카겠노? 실은요, 야가 아가씨 마음에 든다고 감자 엊어 놓고 갔십니더. 이래볼까?
백준석	조용히 해라. 다 들린다.
마영균	와? 부끄러운 건 아는갑다. 이랄라고 감자 삶아오라 캤나? 아가씨, 아가씨.
백준석	고만하라카이!
마영균	그 감자요, 야가 아가씨 마음에 든다고 엊어 놓고 간 깁니더. 됐나?

백준석, 말하는 마영균을 말리려다 고추자루를 들어 바닥에 내려친다.

이때 고추자루가 터져버린다.

백준석의 하얀 옷과 구두 위에 고춧가루가 묻는다.

고추자루 터지는 소리에 놀란 육혜경과 고란.

육혜경	어머!
고란	뭐야?
마영균	니 지금 뭐하는 짓이고? 이게 어떤 긴데. 이기 어떤 긴데!
백준석	어이쿠, 죄송합니다. 괜찮습니데이. 저희는 괜찮으니까 신경 쓰지 마이소.
마영균	니 지금 누구한테 사과하노? 내한테 해야지. 내한테!
백준석	이기 다 누구 때문인데! 아무리 장난이라지만 니도 심했잖아? 나이 먹고 이러지 말재이. 내 옷은 쾌안타, 내 다 이해할게. 그래, 우리도 뭐 젊고 예쁜 아가씨 보면 흐뭇할 수 있지. 그걸 또 부끄러워하고 그럴 필요는 없는 기라. 그렇죠, 아가씨들?
마영균	똥짜바리를 확, 마! 내가 니 언젠가는 이럴 줄 알았다.
백준석	니 왜 머리를 잡노? 이 머리가 얼마나 비싼긴데?
마영균	내 머리는 싸서 잡았나?
백준석	그라면 같이 놓자.
백 / 마	하나, 둘, 셋!
마영균	니 이랄 줄 알았다. 니 비싼 머리 반은 더 벗겨졌다.
백준석	좋다, 진짜 놓자.
마영균	내 그 말을 어째 믿노?
백준석	지금 안 놓으면 여자다, 여자.
마영균	가스나?
백 / 마	하나, 둘, 셋!
마영균	놨다, 이 자슥아!

백준석   (머리채를 그대로 잡은 채) 내, 여자다, 여자.

마영균은 백준석의 멱살을 잡는다.
웅성거리는 기차 안. 둘의 실랑이가 벌어지고 이때 승객들은 하나 둘 이들을 말리러 몰려든다. 말리려던 육혜경의 옷에 고춧가루가 튄다.
이때 차장 등장한다.

육혜경   어머! 어떡해!

육혜경, 옷을 털며 화장실로 향한다.

백준석   아이고, 우야노. 미안합니더. 야, 임마, 이딴 걸 왜 지고 와선…….
마영균   이기 돌았나? 니 정신머리 우애된 거 아이가!
차장   암요, 전 아직 괜찮습니다. 역시나 오늘이라고 그냥 넘어 가지 않았네요.

마영균, 차장이 궁시렁거리는 건 듣지 못하고 백준석의 옷을 잡고 흔든다.
이때 백준석의 옷 안에서 오줌주머니가 떨어진다. 둘 사이 잠시 정 적이 흐른다.
승객들 수근거린다.

한영일, 휴대폰 보조배터리를 연결한다.

마영균 그게 뭐고. 그기 뭐꼬!

백준석 ······.

마영균 이기 뭔지나 알고 달고 댕기나? 할멈부터 자식까지 들
먹거리민서 그렇게 사람 속을 뒤집더니, 니 혹시 내한테
정 뗄라고 일부러 못나게 굴었나, 어이?

백준석 ······.

마영균 왜 말을 안 했노? 오늘도 아들네 간다고 한 건 맞기나
하나?

백준석 ······.

마영균 처자식 없이 혼자서 이 오줌주머니를 감당했나? 아이고,
만날 좋은 데 놀러 다닌다고 자랑을, 자랑을 그렇게 하
고 댕기더니 니 혼자서 병원 댕겼다 이기가? 니 언제부
터 이랬노? 왜 말을 안 했노? 입 뒀다 뭐하노, 말 좀 해봐
라. 말 좀 해보란 말이다, 야이 자슥아······.

백준석 시끄럽다! 이게 뭔 자랑이라고······ 싸움 끝났으니까 들
어들 가요. 고춧가루 치워야 할 낀데 우야노. 미안합니데
이, 아이고, 고맙습니데이.

나머지 인물들 하나, 둘 고춧가루를 치운다.
한영일은 서류 봉투에서 서류 뭉치들을 내어놓는다.

백준석　다 내 맘 같지 않은 기라. 그래, 사람 속을 누가 다 알겠노? 내 마음도 하루에 열두 번 왔다 갔다 하는데…….

마영균　아이고, 오지랖 떨고 자빠졌다! 니는 내 죄인 만들라고 작정했나……. 이래가 언제 나잇값 하겠노? 친구라고 얼마 안 남았는데 니 철드는 꼴은 보고 죽어야제 했는데, 고마 지금 까무러치겠데이. 나이 들면 곱게 늙어야지 내가 그리 쓸모없드나, 아니면 못 미더웠나? 지금 뭐하는 짓이고!

백준석　이 나이 돼서 제일 살 맛 나는 게 뭔 줄 아나.

마영균　뭔지 알아도 니 속은 모르겠데이.

백준석　노인정 가는 재미로 산다. 자식, 손자, 며느리 다 좋지. 그래도 매일 볼 수나 있나 뭐.

마영균　친구 좋은 게 뭔데 아픈 걸 숨기노.

백준석　늙으나 젊으나 똑같다. 한때 나도 교편을 잡고 있어서 애들이 왜 싸우는지, 왜 이 무리 저 무리 몰려다니는지 생각해 봤는데 참 별거 아닌 걸로 그러더라. 그래도 그 당시엔 그게 제일 중요하다. 학교가 재밌을라 카면 친구 사이가 좋아야 하는 기라.

노인정도 똑같다. 이 할멈 집에서 만든 떡 맛있다 했더니 다음 날 되면 저 할멈은 묵 쒀서 오고 경쟁이 붙어서 맛있다는 말 함부로 했다가는 할멈들 눈치 보여서 나중엔 물 한 모금도 못 얻어먹는다. 그래도 그건 괜찮다. 생각나는지 모르겠네……. 빨간 지붕 영감 암 걸린 거 알

앉을 때 다들 밖으로 말만 안했지 그 영감 요즘 말로 왕
따 시켰잖아.

마영균 누가 그러노? 그거 왕따 아이다. 누가 왕따라 카드노?

백준석 하루에 열두 번 나오라고 전화질하고 찾아가다가 그 집
에 발길 끊기고 전화 안 하고 그러면 왕따지 뭐. 먹을 거
해 와도 젓가락 대는 시늉만 하는 것도 왕따고. 그 영감
아플 때, '아, 저러다 나도 옳는 거 아닌가. 이러다 나도
죽는 거 아닌가' 싶더라니까. 심지어 그 영감이 호박전
해왔을 때 '저 영감 먹는 대로 따라 먹으면 나도 제 명에
못 살겠다. 호박전은 안 먹어야겠다' 싶었다.

마영균 맞나…… 그래, 나도 그랬다.

백준석 사람 다 똑같지 않겠나. 그래서 말 안했다. 빨간 지붕 영
감한테 전화 걸잖아. 이제 없는 번호라 카드라.

다른 인물들 하나 둘 자리에 앉고, 백준석, 자리에서 일어나 통로
쪽으로 향한다.

마영균 니, 또 어디……,

마영균, 말을 멈추고 창밖을 바라본다.
한영일은 하던 일을 멈춘다. 차장 안내방송 한다.
영사막 화면은 빠르게 달리는 기차의 창밖 풍경을 보여준다.
싸움이 벌어지는 동안 해체되었던 의자가 하나씩 정리된다.

차장　　　이번 정, 차, 역, 은 광명, 역. 열차, 도착, 하였, 습, 니다.

마영균　우리 동네에도 있는 나문데 여기서 보니 또 다르네. 가만히 좀 앉아가 저런 것도 보고 수양이나 할 것이지 민폐다, 민폐…… 아따, 세상 좋아졌네. 뭐 다 죽는다 카드나? 세상이 얼마나 좋아졌는데……. 그런데 이놈의 기차는 아까보다 더 빠른 것 같노, 빨리도 지나간다.

백준석　걸어가는지 뛰어가는지도 구분 안 되는 달구지 타고 달려봐라. 걷는 것보다 편한 건 알제? 시속 80킬로 즈음 나가는 오토바이 타야 아따 빠르다 할 기라. 인간이 그렇더라. 80이나 300이나 빠른 거 타면 결국에 다 똑같다. 차이를 모르거든……. 그래, 몰랐거든! KTX가 얼마나 빠른 건지 우째 알기고? 내가 이래될 줄 알았나, 알았난 말이다! 아따, 빨리도 지나간다. 내가 지금 타고 있는 게 시속 80킬로 짜리가, 300킬로 짜리가?

우미진　창밖을 보세요. 어서요!

백준석　나는 못 본다. 너무 빨라서 어지럽다. 안 볼란다. 너거나 마이 봐라. 니나 마이 보란 말이다!

설동욱　의자가 따뜻하네요. 얼마나 오래 앉아 있었던 걸까요? 이 온기도 영원하진 않아요. 화장실만 다녀와도 알 수 있잖아요.

백준석　영원한 게 있긴 하나? (사이) 별의 별 병들이 있는데 하필야가 내한테 온 거 보면 이 병도 내랑 인연이제? 방광암이라 카대. 한 평생 내 얼매나 멋진 남자로 살았다고 하필 이런 놈이 왔노…….

육혜경 육란이가 고란이 되었어도 멀고 가깝다는 건 결국 다 이 좁은 땅덩어리 위에서 벌어지는 일인데요, 뭐. 결국 그게 공간이든, 시간이든…… 관계든!

백준석 그래, 나도 이야기하고 싶었다. 손잡아 보고 싶었다. 따뜻하구나, 아직 숨 쉬고 있구나, 이게 꿈은 아니구나, 그러고 싶었다. (사이) 고맙다, 고마웠어…….

고란 이런 기회가 자주 오진 않을 텐데…… 바깥을 둘러보세요, 어서요!

미진동욱 내 자리가 점점 넓어져요.

육혜경 기차가 점점 더 빨라지고 있어요.

마영균 도착지는, 그래서 우리 도착지는 어디고?

모두 우리 도착지는…….

차장의 안내방송 들린다.

차장 열차는 마지막 종착지인 서울역을 남겨두고 있습니다. 목적지까지 안녕히 가십시오. 열차 곧 출발합니다.

열차 출발한다.

9. 짐 가방은 열렸다

고란, 육혜경이 없는 틈을 타서 육혜경의 가방을 연다.
지갑을 꺼내려다 설동욱 발밑에 떨어뜨린다.
설동욱은 지갑을 주워 고란에게 건넨다.

설동욱	학생!
고란	고마워요.
설동욱	저기, 학생.
고란	저한테 볼일 있어요?
설동욱	저…….
고란	신경 쓰지 마세요!

고란이 카드와 현금을 꺼내는데 고춧가루를 털어내고 들어오던 육
혜경이 그 모습을 본다.

육혜경	고란, 너 지금 뭐해?
고란	어? 가방이 넘어져서.
육혜경	근데 손에 들고 있는 건 뭐야?
고란	지갑!
육혜경	지갑 뒤에 말야. 이거 뭐냐고.
고란	…….

육혜경 너, 어쩜 이런 짓을 할 수가 있어? 어서 내놔! 가방하고 손에 든 거 다 내놔! 남의 가방에 손까지 대는 애였어? 너 집 나가서 이러고 다녔니?

고란 더러워서 원. 자, 다 가져가!

육혜경 뭐? 너 이건 좀 심하잖아? 적어도 가방을 뒤졌으면 잘못했단 말 한 마딘 해야 하는 거 아냐? 가져가라고? 이게 네 거야? 확 신고해버릴까 보다.

고란 신고? 해봐, 해보라고! 할 수나 있겠어? 학생을 사랑하고 바른길로 인도하는 선생님이니 아량을 베풀어야하는 거 아냐? 할 수 있으면 해 보라고. 어서! 자, 일.일.이. 통화 버튼만 누르면 돼.

육혜경 너 이 돈으로 뭐하려고 그랬어?

고란 알 바 없잖아.

육혜경 이걸로 남자라도 만나려고 그랬니? 왜, 대구에 있는 남자가 돈 필요하대?

고란 미쳤어? 사람을 뭘로 보고!

육혜경 그럼 뭔데?

고란 …….

육혜경, 자신의 가방에서 담배, 라이터, 콘돔을 꺼낸다.

육혜경 그리고 너 이것들 다 뭐야! 담배, 라이터에 콘돔까지! 이 라이터, 이 업소가 네가 나가는 업소니?

고란	뭐야, 내 가방 뒤진 거야? 갖고 와!

고란은 담배, 라이터, 콘돔을 뺏어들고는 가방에 넣고, 휴대폰을 꺼내든다.

한영일은 이어폰을 꺼낸다.

영사막 화면은 소리의 파동을 보여주는 듯한 웨이브가 보인다.

고란	여보세요, 거기 경찰서죠? 여기 남의 가방 뒤지는 여자가 있거든요?
육혜경	너 미쳤어?
고란	왜 이래, 난 너 같은 아랑 없거든!
육혜경	아, 죄송합니다. 별일 아니에요, 네. 네.
고란	CCTV보다 더 끔찍한 게 너야! 왜 우리 학교로 왔어?
육혜경	뭐?
고란	바쁘고 고상하신 육혜경 선생님이 날 왜 이리 졸졸졸 따라다니시나 했더니 뭔가 있지? 엄마야? 엄마가 나 잡아오라고 시킨 거야? 우리 학교로 온 것도? 말 하난 끝내주게 잘 듣잖아.
육혜경	아니!
고란	하긴, 뭐 그 여자가 나한테 관심이나 있겠어?
육혜경	엄마한테 그 여자가 뭐야?
고란	왜? 이젠 니 엄마도 아니잖아. 넌 아빠 따라갔고, 그 여잔 딴 남자랑 살림 차렸으니까.

육혜경	란아!
고란	왜 갑자기 나한테 관심 갖는 건데? 이제야 내가 좀 보이니? 살만한가 봐? 아, 그래서 그 여자 대신 엄마 노릇이라도 해보겠다? 지랄이다, 진짜.
육혜경	나도 지긋지긋해! 이런 식으로 네 뒤치다꺼리하는 거.
고란	그럼 관둬! 누가 하래?
육혜경	란아, 엄마 아빠도 각자의 인생이 있는 거잖아. 우리가 이해해 줘야 되지 않겠니?
고란	이해?
육혜경	그래. 그땐 물론 네가 어렸을 때지만, 이제 클 만큼 컸잖아. 언제까지 이렇게 함부로 살 건데? 지금이 너한테 얼마나 중요한 시기인지 너도 알잖아. 도대체 뭐가 문젠데? 말을 해야 알 거 아냐!
고란	너! 니가 제일 문제야! 엄마 아빠? 안중에도 없었어. 나한테 뭘 해줬다고. 차라리 잘됐다고 생각했어! 근데 니가 문제라고! 나 버리지 않겠다며? 찾아온다며? 지켜준다면서! 왜? 아빠 따라가서 하고 싶은 거 다하고 사니까 생각이 달라졌니? (사이) 나 따위 생각이나 날 리 있었겠어? 그 말을 믿은 내가 병신이지.
육혜경	니가 이럴까봐 계속 마음에 걸렸어. 임용고시 준비하느라 사정이 여의치 않았던 건 사실이야. 하루라도 빨리 붙어야 뭐든 할 수 있을 테니까. 이제야 네 옆으로 왔네…… 누가 뭐래도 넌 내 동생이야. 그러니까 옆에서

지켜주는 것도 당연한 건데, 나도 숨 쉴 틈 없이 여기까지 온 거라고!

고란 언니 노릇이라고는 털끝만큼도 안 해주더니, 뭐? 참나, 어이없어서. 실컷 자기 인생 꽃길 만드느라 이제 나타난 주제에! 학교 와서 선생이랍시고 갑질하면 뭐가 달라질 줄 알았어?

육혜경 언니 말 좀 들어봐, 란아.

고란 난 니 학생이라고 생각한 적 한 번도 없거든? 동생 취급도 못해주면서 무슨! 재수 없어.

육혜경 그러는 넌, 단 한 번이라도 날 언니 취급해 준 적이나 있어? 당연한 그 말 한마디 하기가 그렇게 힘드니? 언제까지 너한테 손만 내밀어야 하는 건데? 언제까지 피해의식에 똘똘 쌓여있는 너한테 맞춰줘야 하는 거냐고!

고란 지금 피해의식이라고 했어? 말 잘했네. 그게 뭔지나 알아? 피해를 준 사람 때문에 생기는 걸 피해의식이라고 하는 거야. 선생이 그것도 몰라? 사람 감시하면서 니가 사는 방식대로 제발 끼워 맞추려고 하지 마. 그게 나한텐 피해야, 피해.

육혜경 난 네가 세상의 어둠을 일찍 알길 바라지 않았을 뿐이야.

고란 세상의 어둠? 사람 사는 거 자체가 어둠이란 말로 들린다? 사는 방식이 다른 것뿐이야.

육혜경 제발 그만하자. 이런다고 나아지는 게 뭐가 있어?

고란 뭘 그만해! 더 들어.

육혜경은 일어서서 화장실로 향한다.

고란   사람 말하는데 어디 가? 난 이제 시작인데! 말을 해야 안
        다면서? 야!

10. 주인 잃은 짐들의 반란

고란 따라 나간다. 설동욱이 이들을 바라본다.

우미진   무슨 일이야?

설동욱   따라가야 되나 말아야 되나?

우미진   왜 남의 일에 참견이야?

설동욱   참견하는 게 아니라…….

우미진   관심 있어?

설동욱   뭐? (사이) 그래. 말 한 번 걸어보려고.

우미진   그럼 얼른 가서 말 걸어봐. 혹시 알아? 연락처라도 줄지?

설동욱   그게 아니잖아. 서로 가방을 뒤졌다니깐. 아까 나한테 증 인 서달라는 그 여자 자기가 먼저 뒤져놓고 저렇게 소리 지르고 있는 거야.

우미진   그게 다야? 정의의 사도 납셨네. 그럼 가서 말려보든지. 가봐!

설동욱   뭐라고?

우미진   너 내 걱정은 안 되니?

설동욱   안 되긴! 아까부터 계속하고 있는데. 나처럼 너 걱정 많 이 하는 사람도 없다? 지금 마음 졸인다고 달라질 거 없 잖아.

우미진   또 그 소리! 그래, 그러니 늘 이 모양 이 꼴이겠지.

설동욱	왜 그렇게 삐딱하게 생각해?
우미진	삐딱하게 생각하는 게 아니라 이미 삐뚤어진 거야. 그걸 아직도 모르겠어?
설동욱	내가 어떻게 알아, 말도 안 해주는데.
우미진	넌 마음 속 얘길 다 하고 사니?
설동욱	아니! 근데 적어도 너처럼 답답하게 굴진 않아.
우미진	뭐 답답해? 내가 니 눈엔 그렇게 보이지? 등신 같지? 내 입은 됐다 말도 못하고 밥 축내는 데만 쓰이는 것 같지?
설동욱	갑자기 왜 그래? 뭐 잘못 먹었어?
우미진	됐다, 그만하자. 가서 싸움이나 말리든가! 거기에 관심 있으면.
설동욱	지난달이라고 두수랑 안 싸웠어? 지난주엔 안 싸웠냐고. 내가 볼 땐 그때 싸웠던 거랑 똑같은 걸로 고민하고 있는 것 같아. 근데 이럴 때마다 내가 해줄 수 있는 게 뭔지 모르겠어, 아무것도 없는 것 같아. 그냥 니 옆에 있는 게 도와주는 것 같아서 그러고 있는 거라고.
우미진	누가 해결해 달래? 도와줄 거면 잠자코 있을 것이지 왜 자꾸 건드리냐고! 보이는 게 단 줄 아냐.
설동욱	이게 다 누구 때문인데? 보이는 게 다가 아니라니 말 좀 해봐. 나는 왜 월차까지 써가면서 서울까지 따라가는 건데?
우미진	됐고, 그만하자.
설동욱	미진아!

이때, 육혜경과 고란 언성을 높이며 자리로 들어온다.

한영일은 외장하드를 꺼낸다.

영사막 화면은 전송률을 나타내는 막대바를 보여주고, 0%에서 100%를 향해 천천히 올라가고 있다.

우미진   아, 시끄러!

육혜경   뭐라고 하셨어요?

우미진   지금 나보고 하는 소리야?

설동욱   죄송해요.

우미진   뭐가 죄송해? 시끄러우니까 시끄럽다고 한 건데!

육혜경   저기요. 저 아세요?

고란   뭐해? 나랑 안 되니까 엄한 사람 붙들고 싶냐?

육혜경   모르면서 막말하는 것 같은데, 참 잘 배우셨네요.

우미진   이 여자가 지금 뭐라는 거야?

육혜경   안 들리세요? 아, 듣고 싶은 말만 듣고 사시나 봐요.

우미진   뭐라고? 참나, 어이없네.

설동욱   아줌마, 말씀이 지나치시네요.

육혜경   저 아직 결혼 안 했거든요? 죄송한데 그쪽한테 한 말 아니니까 신경 꺼주실래요?

우미진   뭐 저런 여자가 다 있어!

설동욱   아줌마!

고란   결혼 아직 안 했다고, 이 아저씨야! 몇 번을 말해야 알아?

설동욱   아저씨? 넌 빠져.

우미진	쟤 또 뭐야! 이젠 쌍으로 지랄이네. 어떻게 좀 해봐!
고란	뭐 지랄? 아까도 그러더니! 야 이 미친년아 너 나 알아?
육혜경	고란! 가서 앉아.
설동욱	야! 너 뭐라고 했어, 미친년? 이런 쥐좆만한 게!
고란	뭐…… 뭐? 너 지금!
육혜경	그쪽 건 이렇게 큰가 봐? 다 큰 사람이 애한테 할 소리야?
우미진	시끄럽다고! 꺼져버려! 설동욱, 너 뭐해! 어떻게 좀 해보라니까!
설동욱	아오, 돌아버리겠네. 그만 좀 하라고요!
육혜경	KTX 타면 지하철 타는 년, 놈들 보다는 시민의식이 있어야 할 거 아냐? 어디서 배우지도 못한 것들이 입만 살아가지고.
우미진	야! 뭐라고? 그래, 못 배워서 이러는 거야. 오늘 누구 하나 죽여 버리고 싶었는데 너 죽고 나 죽자!
고란	뭐? 누굴 죽여? 이 아줌마가 아까부터 보자보자 하니까, 너부터 한 번 죽어볼래?
우미진	죽여! 다 죽여 봐, 이년들아!
설동욱	넌 좀 가만있어! 알았어요, 알았으니까, 진정하시고 일단 자리로 가세요. 네?
고란	니가 뭔데 누구한테 가라마라야? 재수가 없으려니까…….
설동욱	좋은 말할 때 가라고.

마영균, 잠에서 깬다.

백준석, 등장한다.

마영균　뭐고? 공공장소에서 이게 뭐하는 짓이고? 그만하래이!

고란　한 대 치겠다? 쳐봐! 깽값 좀 받아보자!

설동욱　이게 진짜!

설동욱, 고란을 밀치자 육혜경은 설동욱을 잡는다.

육혜경　사람을 치네. 여기 사람을 쳐요! 그것도 여자를! 경찰 불러요!

설동욱　이것 좀 놔요!

이때 설동욱의 등짝을 치는 백준석.

백준석　이게 미쳤나, 사내새끼가 어디서 여자한테 손찌검이고!

설동욱　할아버지! 제가 언제요?

백준석　와, 나도 치게? 들어가라. 이러다 갱찰 올라.

설동욱　아오, 진짜…….

백준석　들어가. 아가씨도 들어가고. 뭘 잘했다고 씩씩대노! 뭐하노, 안 들어가고? 들어가래도! 내 목잡고 넘어가는 꼴 볼라 카믄 계속 그리 버티고 있그래이!

뒤늦게 차장이 달려온다.

차장   무슨 일이시죠?

마영균   참 일찍도 온다. 됐다마! 끝났다. 가서 일 보소.

백준석   무슨 일이고? 우야다 싸움판 됐노?

마영균   주머니나 잘 챙기라.

모두들 자리로 돌아가 앉는다.

고란   아, 진짜 끼리끼리 세트다.

육혜경   봐봐, 괜찮아?

고란   안 맞았거든! 맞았으면 저 새끼 죽었지.

육혜경   이게 뭔 일이니. 진정이 안 되네. 아, 떨려.

고란   하여튼 사람 살살 열받게 하는데 뭐 있다니까.

육혜경   그러니까 내 말이!

고란   너 말이야, 너! 넌 웃으면서 사람 죽일 성격이야.

육혜경, 어이없는 웃음이 터져 나온다. 잇따라 터져 나오는 고란의
웃음.
우미진, 설움에 눈물을 터뜨린다. 설동욱, 화를 가라앉히고 우미진
을 달랜다.

설동욱   괜찮아?

우미진 건들지 마. 아이씨. 왜 다들 나만 갖고 그래.

설동욱 미안해, 내가 괜히…….

우미진, 더 서럽게 울기 시작하자 설동욱은 걱정이 앞선다.

설동욱 왜 그래, 미진아. 어디 안 좋아? 미진아, 나 좀 봐봐. 미진
아. 너 무슨 일 있지?

설동욱, 우미진 쪽으로 고개를 가까이 가져간다.

우미진 내일, 병원…… 말야…… 맘…… 건데…… 근데……
또…… 소리…… 안…… 될 것 같고….

설동욱 뭐라고? 병원? 잘 안 들려. 다시 말해봐.

우미진 그 새끼랑 진짜 끝내려고, 약혼까지 해놓고 '이 사람 바
람피우고 있나봐.', '결혼 전엔 불안하니까', '청춘의 마
지막이라고 생각하네.' 말도 안 되는 핑계로 버티는 거
죽겠더라. 근데 정말 시한부 삶은 여기…… 하나 더……,
그래서 병원 간다고……,

설동욱 뭐? 그게 무슨 소리야!

우미진 맘먹고 나온 건데, 근데, 막상 다가오니까……, 무서워. 그
새낀 이제 죽은 놈이야. 내 몸도 날 살인자라 기억하겠지
만. 소리 지르면 안 되는데……, 나 진짜…… 어떡해.

설동욱, 순간적으로 끓어오르는 화를 참으려는 기색이 역력하다.
휴대폰을 꺼내들고는 미진의 약혼자 두수에게 전화를 건다.

설동욱　난데, 너 어디야. 너 지금 어디냐고! 당장 서울역으로 나
와! 당장!

꽉 채워진 막대바를 보여주는 영사막 화면.
암전.

11. 도착, 서울역!

차장의 안내방송.
영사막 화면은 'KTX' 라는 글자를 보여준다.

차장   잠시 후 열차는 이 열차의 종착지인 서울역에 도착하겠습니다. 잃어버리신 물건이 없는지 확인하시고 목적지까지 안녕히, 안녕히 가십시오.

등장인물들은 제각각 내릴 준비를 한다.
가장 먼저 준비를 마친 백준석과 마영균이 통로에 서 있다.

백준석   KTX가 빠르긴 빠르다. 언제 도착한지도 모르게 와 버렸네.

마영균   아따, 정신이 하나도 없데이.

백준석   고춧가루 미안해서 우짜노.

마영균   애들 젊은데 뭐, 아무거나 먹어도 괜찮다. 우리나 맛있는 거 먹으러 가자.

백준석   감자나 하나 줘 봐. 의사선생님이 삶은 감자가 좋다 카더라.

마영균   그래서 내한테 감자 삶아 오라캤나? 내일 병원 갈 땐 같이 가자.

백준석   됐다마. 아픈 사람들 보면 안 아프던 니까지 마음만 뒤
         숭숭해진다.

마영균   그제? 내가 지금 마음이 뒤숭숭해가지고 안되겠다.

백준석   촌놈처럼 와이라노.

마영균   나도 할 말이 있다 아이가. (책 가리키며) 이거 내끼다. 손주
         줄 거 아니고.

백준석   니 까막눈이가?

마영균   다 안 비는 건 아인데…….

백준석   명색이 니 친구가 선생이었는데 말을 하지 그랬노, 이
         앙큼한 영감쟁이야!

마영균   죽기 전에 영어는 몬해도 우리말은 제대로 알아야 안 되
         겠나.

육혜경과 고란이 이들 쪽으로 걸어온다.

육혜경   할아버지, 아깐 죄송했어요.

마영균   이제 좀 시원하나? 맛있는 감자 먹고 그렇게 싸우면 쓰나.

백준석   어린 게 성깔 있드래이! 넌 커서 뭐가 돼도 되겠다!

고란   죄송해요.

마영균   니, 엄마한테 그래 대들면 쓰나? 와, 갖고 싶은 거 안 사
         주드나?

백준석   엄마? 아이다, 이모 아이가. 근데 야들끼리도 한바탕
         했나?

마영균	어딜 봐서 이모고! 차림새가 엄마구만.
육혜경	네?
고란	우리 언니거든요!
백준석	언니? 참말로! 알았다, 알았다. 내도 옛날엔 내 아한테 삼촌이라 부르라 캤다.
마영균	아한테 할 소리다!
고란	옷 좀 제대로 입고 다녀. 그러니까 아줌마란 소릴 듣지!
육혜경	할아버지 여러모로 죄송해요.
마영균	아이다, 조심히 가그래이! 싸우지들 말고.
육혜경	네. 란아 같이 가!
고란	빨리 와. 배고파 죽겠어, 밥 사줘.
육혜경	니가 좀 사줘봐라.
고란	학생이 돈이 어딨다고.
육혜경	이럴 때만 학생이지. 근데 너 아까 뭐라고 한 거야?
고란	뭐?
육혜경	나한테 언니! 라고 한 것 같은데?
고란	내가 언제? 아씨, 배고파.
육혜경	한 번만 더 해봐. 야! 같이 가자니까.

육혜경, 고란 퇴장한다.

백준석	우리도 가자.
마영균	그러자.

백준석과 마영균도 퇴장한다.

뒤이어 우미진과 설동욱은 열차가 멈출 때까지 자리를 지킨다.

설동욱   뭐해? 받아봐. 이 자식 지금 서울역에 있어.

우미진   이게 다 너 때문이야! 그러게 왜 전화했어?

설동욱   그럼 내가 받을게. 이리 줘.

우미진   아냐. (사이, 전화 받으며) 어, 왜? 열차표를? 야! 내 발로 내
            가 왔는데 니가 왜 다시 가라마라야? 뭘 가보면 알아?
            내가 어떻게 아냐? 말도 안 해주면서!

설동욱   내 말이!

우미진   (사이) 아…… 알겠어. (전화 끊으며 설동욱에게) 저……, 다시
            대구 갈래?

설동욱   지금? 왜? 그 자식 뭐래?

우미진   …… 너, 알고 있었지?

설동욱   무슨 소리야?

우미진   예약했다고…….

설동욱   어, 너 병원 예약했다며.

우미진   아니, 그게 아니라.

설동욱   아우 답답해. 빨리 말 좀 해봐.

우미진   프러포…… 즈…….

설동욱   뭐? 프? 프러포? 즈?

우미진   준비하느라 그랬다네. (사이) 서프라이즈는 실패했어도
            사랑은 성공하고 싶다고…….

설동욱 (사이) 니네 싸우면 나 찾지 말라고 했지?

우미진 아니, 아까 그래서 내가 말도 다 못하고……, 정확히 말하면 싸운 건 아니기도 하고…….

설동욱 징그럽게 한결 같다, 정말! 뭐야, 지금 축하해야 돼, 이따 축하해야 돼?

우미진 그러게 앤 왜 너한테까지 아무 말도 안했지?

설동욱 아, 내 월차! 어떡할 거야, 월차!

우미진 소개팅, 콜? 콜콜?

설동욱 니 친구들 이미 다 알거든.

우미진 나 봐라. 친구에서 연인 되고, 연인이 가족 되고 다 그런 거야.

차장 열차 서울역에 도착하였습니다. 아, 드디어 퇴근입니다. 서울은 지금 맑습니다.

우미진, 설동욱 퇴장한다.

한영일은 서류가방을 들고 손목시계를 한 번 보더니 유유히 퇴장한다.

한영일 자리에 놓인 노트북, 노트북 배터리, 휴대폰, 휴대폰 배터리, 서류 봉투, 서류 뭉치, 이어폰, 외장하드가 쌓인 자리에 조명 들어온다.

기차 멀어지는 소리 들린다.

12. Welcome to the Soul Station

어둠이 가득한 플랫폼. 별이 반짝인다.

영사막 화면은 "Welcome to the Soul Station" 이라고 쓰여 있다.

육혜경 서울에서도 별이 이렇게 잘 보였었나?

고란 내일은 맑겠다. 아, 맞다! 우산! 우산 챙겼어?

육혜경 네가 챙긴 거 아냐?

점차 밝아지면, 주변이 온통 우산으로 가득하다.

인물들은 짐을 들고 쉴 새 없이 들려오는 소리들을 듣고 있다.

방송 (E) (우) 다른 자리 찾아 봐요./ (백) 옆자리 앉은 것도 인연인데/ (육) 지금 당장 모든 게 제자리로 돌아오길 바라진 않아./ (우) 손이 닿질 않네요./ (천) 나이 처먹을수록 어째 귀는 밝아지는지, 니 어디 보노? 사람 말하는데!/ (설) 대꾸도 안하네. 사람이 말을 하면 대꾸를 좀 해라./ (고) 사는 방식이 다른 것뿐이야······.

고란 언니, 이게 무슨 소리야?

육혜경 여기가 어디야?

우미진 이건 또 무슨 소리냐고. 나 두수 만나러 가야 되는데. 기

다릴 텐데?

설동욱 서울역? 아니 소울역? 저기 좀 봐.

백준석 에스, 오, 유, 엘. 이가 빠졌네!

마영균 뭐꼬, 영어가? 난 모린다.

우미진 소울역, 서울역이 아니라?

육혜경 기차는?

고란 없어.

육혜경 우산 가지러 가야되는데? 기차는?

고란 없어졌어!

우미진 여기 어딘지 아세요? 네?

설동욱 침착해. 진정하라고.

백준석 외국인들이 서울을 소울이라고도 하드라 아이가.

마영균 그래가 지금 여―가 어디란 말이고? 뭐가 좀 보이나?

차장 하늘이 가장 맑을 때 볼 수 있는 게 뭔 줄 아시나요? 해, 바람, 나비……, 아닙니다. 바로 별입니다. 밤에도 낮에도 별은 빛납니다. 맑은 밤하늘, 어둠 속에서 더 밝게 빛납니다. 저기 보세요. 긴 여행을 마친 별들이 빛나고 있네요.

조명이 등장인물들을 차례로 비추고 한영일을 마지막에 비춘다.

이때, 영사막 화면은 조명이 비추는 대로 무대의 등장인물들을 보여주다가 한영일 모습을 보여준 후에는 관객석으로 전환된다.

관객들은 영사막 화면에서 본인의 모습을 볼 수 있다.

작은 별 음악 연주되며 암전.

한국 희곡 명작선 46
서울은 지금 맑음

초판 1쇄 인쇄일   2021년 1월 10일
초판 1쇄 발행일   2021년 1월 20일

지 은 이   배진아
만 든 이   이정옥
만 든 곳   평민사
            서울시 은평구 수색로 340 〈202호〉
            전화 : 02) 375-8571
            팩스 : 02) 375-8573
            http://blog.naver.com/pyung1976
            이메일 pyung1976@naver.com
등록번호   25100-2015-000102호
ISBN   978-89-7115-744-2   03800
            978-89-7115-663-6   (set)
정   가   7,000원